# El fuertecito rojo

Brenda Maier

dibujos de
Sonia Sánchez

Scholastic Inc.

# A Ruby siempre se le ocurrían muchas ideas.

Un día, Ruby encontró unas tablas viejas.
—¿Quién quiere ayudarme a construir algo?
—les preguntó a sus hermanos.

Oscar Lee hizo como si no la oyera.
Rodrigo le echó una mirada que hubiese
podido derretir un helado.
José casi se cae de la cerca.
—Tú no sabes construir nada —le dijeron.

—Entonces aprenderé
—dijo Ruby.

Y así
lo hizo.

—¿Quién quiere ayudarme a dibujar los planos? —preguntó Ruby.
Los niños se desternillaron de la risa.
—Yo no —dijo Oscar Lee.
—Yo tampoco —dijo Rodrigo.
—Ni yo —dijo José—. Estoy muy ocupado.

—Está bien —dijo Ruby—. Los dibujaré yo sola.

Y así
lo hizo.

Cuando estuvo
satisfecha
con los planos,
Ruby preguntó:
—¿Quién quiere ayudarme
a conseguir materiales?

—Yo no —dijo Oscar Lee.
—Yo tampoco —dijo Rodrigo.
—Ni yo —dijo José—. Estoy
muy ocupado.

—Está bien —dijo Ruby—.
Los conseguiré yo sola.

# Y así lo hizo.

Cuando hubo conseguido todos los materiales, Ruby preguntó:

—¿Quién quiere ayudarme a cortar las tablas?

—Yo no —dijo Oscar Lee.
—Yo tampoco —dijo Rodrigo.
—Ni yo —dijo José—. Estoy muy ocupado.

—Está bien —dijo Ruby—. Las cortaré yo sola.

Y así
lo hizo.

Cuando las tablas quedaron bien cortadas, Ruby canturreó:

—¿Quién quiere ayudarme a clavar los clavos?

—Yo no —dijo Oscar Lee.

—Yo tampoco —dijo Rodrigo.

—Ni yo —dijo José—. Estoy muy ocupado.

—Está bien —dijo Ruby—. Los clavaré yo sola.

Y así
lo hizo.

EL FUERTE
DE Ruby

Por fin, Ruby
terminó su obra.
—¿Quién quiere jugar
en mi fuerte? —gritó.

—¡Yo, yo!
—dijo Oscar Lee.
—¡Yo también!
—dijo Rodrigo.
—¡Y yo! —dijo
José—. Ya no
estoy ocupado.

—No tan rápido —dijo Ruby—. Ustedes no me ayudaron a dibujar los planos ni a conseguir los materiales ni a cortar las tablas ni a clavar los clavos. Dijeron que yo no sabía construir.

Y se rieron de mí.

Así que voy a jugar en el fuerte yo sola.

Y así
lo hizo.

—De todas formas no queríamos jugar —dijeron los chicos.

Pero sí querían.

Así que se reunieron, cuchichearon y comenzaron a trabajar.

Oscar Lee hizo un buzón de correo.

Rodrigo consiguió unas macetas y sembró unas flores.

José pintó el fuerte de un rojo igual al de un camión de bomberos.

# Ruby estaba encantada.

Esa tarde, un delicioso aroma atrajo a los chicos a la fiesta de inauguración del fuerte.

—¿Quién quiere ayudarme a terminar este plato de galletas? —preguntó Ruby.

# —¡Nosotros!

—dijeron los chicos.

EL FUERTE DE Ruby

Y así
lo hicieron.

# HAZ TU PROPIO FUERTE

**EL FUERTE-SOFÁ**

**EL FUERTE-SILLA**

**EL FUERTE-LITERA**

**EL FUERTE-NIEVE**

# NOTA DE LA AUTORA

*El fuertecito rojo* está basado en el cuento clásico *La gallinita roja*. Hace unos años, *La gallinita roja* era el único cuento que mi hijo menor quería oír. Por esa misma época, mis otros hijos encontraron unas tablas y una celosía y las usaron para hacer un pequeño fuerte en el patio. Estas dos ideas comenzaron a darme vueltas en la cabeza y se convirtieron en este cuento.

*La gallinita roja* es un cuento popular que ha sido transmitido oralmente por generaciones. Por esta razón, es difícil saber quién lo escribió primero. Diferentes versiones en inglés del cuento fueron publicadas en revistas estadounidenses e irlandesas y en libros de cuentos a partir de la década de 1860. La primera versión del cuento que podría resultarte familiar fue publicada en 1874 en una revista estadounidense llamada St. Nicholas. Yo tengo una copia del primer libro ilustrado en inglés que se hizo de *La gallinita roja*. ¡*El fuertecito rojo* es un homenaje al cuento clásico y conmemora el aniversario número cien del cuento en forma de libro!

A mí me encanta leer diferentes versiones del cuento y descubrir qué partes del original han sido cambiadas por el autor o la autora. Al igual que los copos de nieve, ¡no hay dos versiones iguales! Algunas de mis favoritas son: *The Little Red Hen* de Paul Galdone (Clarion Books, 1973), *The Little Red Hen* de Byron Barton (HarperCollins, 1993), *The Little Red Hen (Makes a Pizza)* de Philemon Sturges y Amy Walrod (Dutton Children's Books, 1999), *Mañana, Iguana* de Ann Whitford Paul y Ethan Long (Holiday House, 2004) y *The Little Red Henry* de Linda Urban y Madeline Valentine (Candlewick Press, 2015). ¿Cuál es tu versión favorita?

**Brenda Maier**

A mis cinco constructores de fuertes: Nicholas, Madison, Katelyn, Christian y Matthew. — B.M.

A mi hijo, Alex — S.S.

Agradecimientos especiales a Kira Corngold, investigadora de Tulsa City County Library, y a LeeAnna Weaver, bibliotecóloga y librera, quienes se aseguraron de que mis datos estuvieran correctos.

Originally published in English as *The Little Red Fort*

ISBN 978-1-338-26901-7 ★ Printed in the U.S.A. ★ 5 6 7 8 9 10 11 12 13 14      141      29 28 27 26 25 24 23 22 21 20
First Scholastic Spanish printing 2018

This edition was translated into Spanish by J.P Lombana. The art was created using recycled paper, charcoal pencil, pen, gouache, and a combination of traditional and digital brushes. ★ The text type and display type were set in Sodom Regular ★ Production was overseen by Angie Chen. ★ Manufacturing was supervised by Shannon Rice. ★ The book was art directed and designed by Marijka Kostiw, and edited by Tracy Mack.
Scholastic Inc. 557 Broadway, New York, NY 10012